마음 쓸기

첫마음의 나와 마주하는 시간

마음 쓰기

초판 1쇄 발행 2016년 9월 7일
초판 2쇄 발행 2016년 10월 31일

지은이 리샤오쿤
옮긴이 허유영
펴낸이 유정연

주간 백지선
디자인 신묘정 이승은
마케팅 임충진 이진규 김보미 **제작** 임정호 **경영지원** 박승남

펴낸곳 흐름출판 **출판등록** 제313-2003-199호(2003년 5월 28일)
주소 서울시 마포구 홍익로5길 59 남성빌딩 2층(서교동 370-15)
전화 (02)325-4944 **팩스** (02)325-4945 **이메일** book@hbooks.co.kr
홈페이지 http://www.nwmedia.co.kr **블로그** blog.naver.com/nextwave7
출력·인쇄·제본 (주)상지사 **용지** 월드페이퍼(주) **후가공** (주)이지앤비(특허 제10-1081185호)

ISBN 978-89-6596-199-4 03890

이 도서의 국립중앙도서관 출판시도서목록(CIP)은 e-CIP홈페이지(http://www.nl.go.kr/ecip)와 국가자료공동목록시스템
(http://www.nl.go.kr/kolisnet)에서 이용하실 수 있습니다. (CIP제어번호: CIP2016020473)

살아가는 힘이 되는 책 흐름출판은 막히지 않고 두루 소통하는 삶의 이치를 책 속에 담겠습니다.

마음 쓸기

첫마음의 나와 마주하는 시간

리샤오쿤 그리고 쓰다
허유영 옮기다

흐름출판

마음을 쓰면 만나게 되는
나의 첫마음

한근태
한스컨설팅 대표

나는 최근 '재정의' 작업을 즐겨 하고 있다. 원래 알고 있던 사물, 사람, 개념, 세상에 대해 원점에서 다시 생각해 보고 그 의미와 본질을 제대로 통찰해 보는 것이다. 알고 있다고 생각하는 것을 낯설게 바라보면 미처 생각해 보지 못했던 일면이 엿보일 때가 있다.

처음 이 책의 추천사를 의뢰받았을 때 원서의 제목이 《초심》인 것을 보고 '나의 초심'을 떠올려 보았다. 그런데 생각보다 대답이 쉽지 않았다. '초심'의 기준, 영역, 시기에 따라 대답이 천차만별이 되기 때문이다. '숙성의 시간'을 보내고 있는 사람은 '바로 지금이 초심의 순간입니다'라고 답할 수도 있고, '생존의 시간'을 나고 있는 사람은 '지금 내게 그것은 존재하지 않으며 중요하지도 않습니다'고 말할 수도 있을 것이다. 때문에 '초심'에 대해서 재정의를 해보게 되었다.

초심初心은 처음 초初와 마음 심心이 만나서 이루어진 말인데, 처음 초자는 의衣. 옷와 도刀. 가위의 합자合字다. '재단을 하는 것은 의류를 만드는 시초의 일'이라는 뜻을 담고 있다. '일을 시작할 때의, 또는 시작한 마음'이라는 가치를 함의한 말이 사전적 의미의 초심이다.

목표를 향해 끊임없이 앞으로 나아가야 하는 과제를 안고 사는 현대인들에게 내 삶과 일의 원점, 초심을 되짚으라는 것은 가속 페달에서 발을 떼서 브레이크 페달로 발을 옮기라는 이야기가 된다. 지금도 뒤처지고 있는데 가당키나 하냐는 핀잔을 들을 공산이 크다. 하지만 막상 길을 잘못 들어 벼랑 끝에 서거나 준비 없이 악천후를 만나 방향과 의지를 상실했을 때 다시 길을 되짚고 나를 추스르는 이정표가 되어주는 것이 초심이라는 것을 깨닫게 된다.

이 이정표 바로 밑에는 '우선 멈춤' 표지가 달려 있다. 뭔가 이상이 생겼다는 것을 감지하면서도 질주하는 자동차. 잘못된 싸움이라는 것을 알면서도 멈추지 못하는 사람. 파국을 예견하면서도 잘못된 만남을 이어가는 소설과 영화의 주인공들이 어떤 결말을 맞이하는지 우리는 익히 알고 있다.

초심을 만나고 싶은 사람은 우선, 멈추어야 한다. 그래야 보인다. 그 멈출 수 있는 용기와 시간을 주는 것이 이 책이 가진 힘이라는 생각이 들었다. 멈추지 않고 앞으로 계속 나아가려면 역설적으로 제때 멈출 줄 알아야 하기 때문이다.

초심에 대한 나의 재정의는 우선 멈추고, 비워내고, 억지로 채우지 않는 것이다. 그러면 빈 여백의 공간으로 본래의 생각이 스며들어 오래된 미래를 보여줄 첫마음이 나타날 수도 있고, 새로운 깨달음으로 새로운 첫마음이 자리 잡을 수도 있을 것이다. 순리를 따라 자연스럽게 생성되는 나의 오롯한 마음은 낡은 것도 없거니와 새로운 것도 낯설지 않을 것이다.

이 책의 한국어판 제목이 《마음 쓸기》가 된 것도 초심이 지닌 깊은 함의가 '멈추고 비우는 시간의 소중함'을 전하기 위함이라는 생각이 들었다. 책의 주인공으로 등장하는 동자승은 흙먼지가 가득한 절의 마당을 쓸고 또 쓴다. 찾는 이도 없고 잠시 뒤에는 바람이 또 흙먼지를 날라 온다는 것을 알면서도 비질을 멈추지 않는다. 동자승이 손에 든 비로 쓸고 있는 것은 마당이지만, 마음으로 쓸고 있는 것은 머릿속 상념, 번뇌, 욕심이라는 생각이 들었다. 단순하고 반복적인 행위 속에서 본질을 되짚고 복잡한 머리와 마음을 다스릴 수 있다는 것을 동자승은 잘 알고 있는 듯하다.

원효대사와 설총의 설화를 살펴보면, 이런 생각이 더 자연스럽게 풀린다. 설총이 깨달음을 얻고자 아버지 원효대사를 찾았고 원효대사는 경내를 깨끗이 청소하라고 말했다. 아버지에게 인정받고 깨달음을 얻으려던 설총은 마당에 낙엽 하나 없도록 완벽히 청소를 마치고 원효대사에게 고한다. 그런데 이상하게도 원효대사는 설총이 쓰레기를

버린 곳으로 가 낙엽을 잔뜩 들고 와서 마당을 돌며 곳곳에 낙엽을 듬성듬성 뿌린다. 의아한 설총이 왜 그러시냐고 물으니, 원효대사는 "가을 마당에 낙엽 몇 잎이 떨어져 있는 것이 더 보기 좋지 않으냐"라고 답한다.

순리를 따르지 않고 욕심을 부려서 억지스러워진 마음을 멈추고, 차분히 비워내어 바르게 다스리는 것이 《마음 쓸기》의 가르침이고, 이 책이 전하는 메시지다. 앞만 보고 달려가는 삶이 무언가 잘못되었다는 생각이 든다면 무언가 놓치고 있다는 생각이 든다면, 이 책을 보면서 바삐 도는 일과 삶의 시침과 분침을 멈추고 수묵의 향기가 가득한 그림 속에서 무상의 마음으로 하루를 반추하고 비질하고 청소하는 동자승을 바라보길 권한다. 잊고 지낸 나의 첫마음, 새로 찾은 나의 첫마음, 초심이 가만히 고개를 내미는 모습을 보게 될 것이다.

동자승이 전하는 마음 풍경

책을 쓰게 된 이유를 말하려면 내가 화판^{華梵} 대학 효운법사^{曉雲法師}의 요청으로 미술대학을 개설했을 때까지 거슬러 올라가야 할 것 같다.

당시 효운법사가 내게 이렇게 말씀하셨다.

"화판대학 미술학과는 그림만 그릴 줄 아는 화가가 아니라 자비심과 사랑을 갖춘 예술가를 길러내야 합니다."

이 말에 깊은 감명을 받았지만 당시에는 어떻게 해야 좋을지, 어떻게 해야 불법을 예술로 승화시킬 수 있을지 몰라 당황스러웠다. 출가한 사람도 아닌 내가 어떻게 불법을 널리 알릴 수 있을까?

얼마 후 효운대사가 교지 《화범종성^{華梵鐘聲}》에 선화를 싣기 시작하면서 내게 선화에 덧붙일 짧은 감상을 써달라고 하셨다. 그렇게 해서 한 달에 한 편씩 쓰기 시작한 것이 6년 동안 계속되었다. 그 일을 계

기로 나는 불교가 대부분 엄숙한 불상의 이미지로 표현되어 현대인들과는 적잖은 괴리가 존재한다는 사실을 알았다. 효운법사의 선화는 대만 최고라고 부르기에 손색이 없을 만큼 훌륭했지만 월간지를 통해 불법을 널리 알리는 효과는 미흡했다. 특히 젊은이들은 엄숙한 소재와 형식을 낯설어하고 심지어 거부감을 느끼기도 했다.

그 후 나는 〈인간복보人間福報〉의 요청으로 예술 감상 칼럼을 쓸 기회가 생겼다. 그런데 6개월 정도 연재했을 때쯤 작은 아이디어가 떠올랐다. 가끔 좌선하고 있는 동자승을 그려 넣고 그 그림에 불교 이야기를 곁들인 것이다. 뜻밖에도 이 작은 시도가 큰 호응을 얻었다. 불교, 기독교, 이슬람교 등 다양한 종교를 믿는 학생들이 있었지만 종교와 무관하게 모두들 동자승을 보고 귀엽다며 감탄사를 연발했다. 종교는 물론 국적이나 나이 구분도 없었다. 한마디로 동자승은 누구에게나 사랑받는 소재였다. 그때부터 나는 예술 감상 칼럼을 동자승을 주인공 삼아 선에 관해 이야기하는 칼럼으로 바꾸었다. 매주 한 편씩 4~5년 동안 연재했다.

내게 '선'은 종교가 아니라 일종의 믿음이자 사명이며 삶의 방향에 대한 탐색이다. 효운대사의 선화에 대한 감상과 예술 칼럼을 썼던 10여 년의 경험을 통해 나는 불교에 대해 점점 깊이 알게 되었다. 나는 평소에는 내성적이고 남들 앞에 나서는 것을 싫어하는 편이지만, 불법을 널리 알리는 일에 있어서만큼은 방법을 가리지 않고 적극적으로 나선다. 특히 얼마 전부터는 불교 경전 속 이야기를 현대적인 언어로 바꾸고 귀여운 동자승의 그림을 곁들여 페이스북에 올렸는데 기대 이상으로 많은 이들이 좋아해 주었다.

동자승을 주인공으로 한 글과 그림에서 인생에 대한 깨달음을 얻고 삶을 대하는 태도가 바뀌었다고 말하는 친구들이 많았다. 나는 불법을 전파할 수 있는 나만의 방법을 찾았고 지금도 계속 진행 중이다. 특히 최근에는 동자승의 이미지도 계속 진화해 점점 내가 상상하는 이미지와 가까워지고 있고, 색채를 더해 사람들이 더 친근하게 받아들이도록 했다.

나는 대학에서 40년 동안 미술을 가르치며 다양한 주제를 다루는 노하우를 쌓았다. 하지만 예술가는 그림을 그리고 글을 쓸 줄만 알아서는 안 된다. 그것은 예술가가 아니라 그저 그림쟁이일 뿐이다. 좋은 예술가는 창작의 기교뿐만 아니라 생각과 신념을 가져야 한다. 특히 종교에 각별한 관심을 쏟으면 작품 속에 더 많은 의미를 담아낼 수 있다. 이 책도 마당 쓸기, 천지, 생사 등 다양한 소재를 통해 선종의 선문답, 불교의 이야기, 불법에 대한 격언 등을 담아냈다. 이것들은 그림을 통해 보여주기에 적합한 소재들이다. 특히 동자승의 일상생활을 통해 높은 불법을 보여주는 것은 절묘한 조합이라고 할 수 있다. 불법에서 이야기하는 것을 한마디로 표현한다면 바로 '초심'이다. 초심을 찾으면 행복해진다.

누구나 두 개의 내가 있다. 하나는 본아本我이고 또 하나는 자아自我다. 본아는 초심이고 슬픈 마음이며, 자아는 사회에 구속당하는 마음이다. 자아를 버리고 본아에 집중하려면 일상을 반성할 줄 알아야 한다. 다시 말해 불교에서 말하는 "공고아만貢高我慢 자만심이 높아 남을 업신여기다"의 마음을 버리면 본아가 드러난다.

현대사회는 물욕이 너무 팽배해 있고 명리를 목숨처럼 여긴다. 이 책을 통해 최소한 10분 만이라도 긍정적인 생각을 하고, 일상생활에서 좋은 생각, 좋은 말, 좋은 일을 한다면 올바른 선의 순환을 이룰 수 있을 것이다. 책 속에서도 말했듯이 "우리가 바른 생각과 바른 마음을 내놓을 때 우주는 우리에게 영혼의 피톤치드를 선물할 것이다." 이것이 바로《마음 쓰기》의 본질이다.

차례

무아

無我

'아집'이 너무 강하면
번뇌가 찾아온다
'소아(小我)'를 버리고
'대아(大我)'의 사랑을 표현하는 것이
바로 초심이다

가진 게 하나 없어라
一無所有

우리는 모두 드넓은 우주를 떠도는
고독한 나그네랍니다

빈손으로 왔으니 갈 때도
빈손으로 가야 하는 법이죠

돌아갈 때는 모든 걸 내려놓고
떠나야 한다는 걸 잊지 마세요

가진 것 하나 없이
거칠 것 하나 없이
훌훌 털고 가볍게 떠나요

一鉢千家飯 孤身萬里遊

밤하늘 아래 동자승의 혼잣말

17

나는 누구일까요
我是誰

생에 한 번은
신분증에 신상 정보를
하나씩 다 지워보세요

등록 번호, 이름, 주소, 직업, 배우자…

그런 다음 자신에게 가만히 물어봐요
"나는 누구인가?"

동자승의 진면목

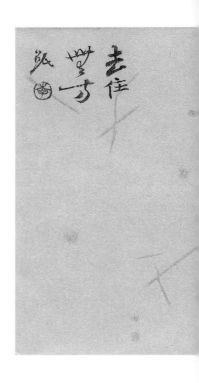

몸 밖의 것을 좇다
己迷逐物

부처님이 나무 밑에서 가부좌를 틀고 있는데
젊은이가 숨을 헐떡이며 달려와 물었답니다
"방금 한 여자가 지나가는 걸 보지 못하셨습니까?
그 여자가 내 돈을 가지고 도망쳤습니다!"

부처님이 말했다네요
"도망친 여자를 찾는 것이 중요한가,
자신을 되찾는 것이 중요한가?"

동자승의 일기

마음을 비우면
無相說法

우리의 이름이
살아 있을 때 아무리 화려해도

솟구쳤다가 가라앉아
물 위에 흩어지는 물보라처럼

죽고 나면 흔적도 없이
사라져버린다는 것을
이제 알았습니다

동자승의 수업 필기

푸른 버들과 붉은 꽃의
참 모습을 보았네
柳綠花紅眞面目

땅과 하늘 사이의 모든 존재가
고요한 침묵 속에 깃들어 있구나

그 본래의 모습으로
세상에 진리와 진실을 보여주고 있다네

동자승의 일기

마당 쓸기

掃地

마당을 쓸고 마당을 쓸고
마음속을 쓸어낸다

마당은 말끔해지지 않아도
마음속은 깨끗해진다네

마당 쓸기가 으뜸
灑掃第一

마당 쓸기만큼 좋은 것이 또 없네
마음과 손 사이 바로 그곳에
한없이 깨끗한 빛이 머무는구나

동자승의 일과

낙엽 쓰는 스님
掃葉僧

마당 쓰는 스님이 비질을 하고 있는데 한 관리가 찾아왔습니다
관리 : 이곳은 부처의 정토인데 어찌하여 흙먼지가 있는가?
스님 : 또 어디서 먼지가 날아왔군요!

동자승의 미소

마당을 청소하는 이유
出坡

마당을 쓸고, 상념을 줍고, 마음을 씻어낸다네
어두운 번뇌를 쓸어내고, 원래의 모습으로 돌아가려 하네

作務

동자승의 청소 일기

남김없이 쓸어버면

掃地掃地掃心地
心地不掃空掃地

마당을 쓸고 마당을 쓸고
마음을 쓸어낸다
마음은 깨끗해지지 않고
마당만 깨끗해지네
내 마음속 낙엽을 모조리 쓸어내고
먼지 가득한 세상을 비웃으리라

佛門以灑掃為第一執
事。昔有沙彌以童老未見
世尊不早起勤作也
香林有舍利塔撥而洗
洗而撥舍利放大光
明不立塔內而生于
中矣。金忍句畵畵之
乙丑都人書

동자승의 마당 쓸기

35

산중일기

山居歲月

고요하고 평온한 산사에
두껍게 쌓인 낙엽이
오늘도 동자승의 잠을 깨우는구나

동자승의 일기

글쓰기
書寫

글씨 쓰기와 글쓰기는 다르다네
예를 다한 글씨는
한 획 한 획이 모두 유일하며
지울 수도 없고 고칠 수도 없고
베낄 수도 없다네
생명의 존재가 소중한 것은
'현재를 산다'는 이 유일함 때문이라오

소나무 아래에서 글씨를 쓰는 동자승

글쓰기 대화

書寫對話

글쓰기는 대화입니다
자기 자신과 대화하고
멀리 있는 친구와 대화하고
대자연과 대화하고
우주 전체와 대화를 나눕니다

마음속 부처를 쓰다
書寫心中的佛

글쓰기는 절하는 것
부처님께 절하고
자기 마음속 부처에게 절하네

동자승의 글씨책

마음에서 마음으로
以心傳心

깨달음은 복잡한 글로 전해지지 않는다네
글이 없어도 단순하고 자연스럽게
마음에서 마음으로 전해질 수 있다네

동자승의 수첩일기

책은 성인의 유산

哲人日已遠 典型在夙昔

훌륭한 이들 떠난 지 이미 오래건만
그들이 남긴 모범은 여전하구나

바람 부는 처마 밑에서 책을 펼치니
옛 성현의 도리가 내 얼굴을 비추네*

각박해지는 세상에 대한 동자승의 생각

하늘의 책에는 글이 없다네
無字天書

사람마다 그 속의 오묘함을 묻고자 하지만
하늘의 책에는 글자도 없고 글도 없고 헤아림도 없네

南天　寫佛　東窗　書碑　一字　本來　心非佛　非禪　無字　芒心　歲月　已初　華嚴　心玉　書屋

동자승의 글씨 연습

다선
茶禪

새벽의 차 한 잔이
온종일 정신을 맑게 한다
언제 어디서든 정신이 맑기에
미혹됨이 없구나
이것을 바로 지혜라 하네

길 가 찻집

路邊奉茶

길 가 찻집 주인의 외침이 귓가에 선하다
"고단한 길 가는 나그네들이여!
 걸음을 멈추고 내가 드리는 차 한 잔 받으세요
 맑은 차 한 잔 마시고 다시 길을 떠나세요"

동자승의 일기

평생 단 한 번의 만남
一期一會

차를 우리는 이가 차탁 앞에 앉아
온 정성을 다해 손님을 대접하는 것은
우리 삶에 찾아오는 매 순간이 유일하며
다시 오지 않음을 알기 때문이라네

동자승의 공부

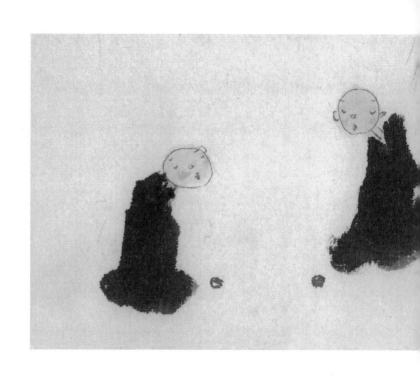

차 한 잔, 우주, 그리고 나
茶禪一味

차 속에 삶과 우주가 운행하는 법칙이 담겨 있다
차를 음미하고 있는 지금,
나는 우주 전체를 음미하고 참선하는 것이고
고요히 명상하고 있는 지금,
나는 우주와 하나가 되어 있다네
네가 바로 우주이고
우주가 바로 너로구나

동자승의 일기

천지
天地

천지의 고즈넉함과
내 마음의 허허로움
그 어떤 교향악단도
연주할 수 없는 두 가지

비가 온다!
下雨了!

부처님 말씀은 감로수와 같아서
비 한 줄금으로 대지를 흠뻑 적시고 중생을 윤택하게 하며
온 들판에 지혜의 꽃을 피운다네

동자승의 필기 – 법우(法雨)가 인간 꽃을 적시네

천지는 불경 한 두루마리
天地一卷經

천지가 불경 한 두루마리거늘
책만 읽는 이는 누구인가
천지라는 불경을 펼치면
글씨는 하나도 없고
밝은 빛만 찬란하더라

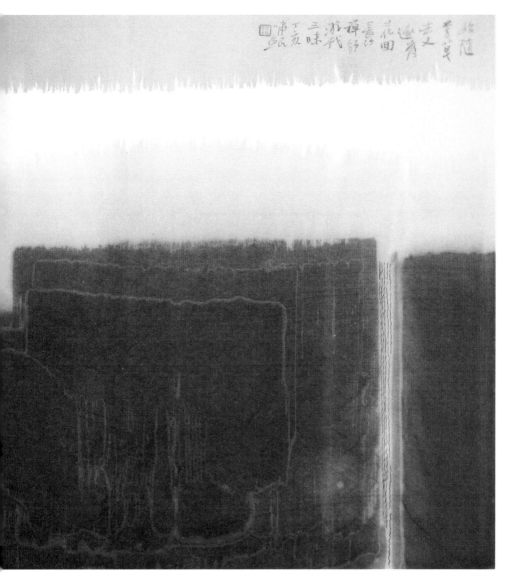

동자승의 필기

산사에 앉아 책을 펼치네
山居簡牘

고즈넉한 산 속에 돌길이 깊구나
이름 없는 꽃이 피었다가 또 지네

茅屋槐芥
池拖笙
禪僧福
元元
孤

동자승의 산속 일기

그윽한 마음으로
홀로 앉아 있네
獨坐幽懷

천지 밖을 흐른다
강물은

아무것도 존재하지 않는
그 사이를 흐른다
달빛은

동자승의 일과

산사의 깊은 고요에
익숙해져 보세요
山居習靜

산사가 너무 조용하다 탓하지 마세요
하루를 한가로이 지내면
하루만큼 복을 받는다는 걸
모르시나요?

步月誦經圖 辛卯之秋 李崎順 畵

동자승의 산속 일기

동자승의 감회

생황 소리 흩어진 후

笙歌散後

떠돌던 구름이 조용히 멈추었네
먼 하늘가에서 멈춘 구름 곧 석양이 내려와
화려한 옷을 지어주길 기다리고 있구나

산속 살이
山居歲月

산골짜기의 고즈넉함과
내 마음속 허허로움
그 어떤 교향악단도
연주할 수 없는 두 가지

동자승의 아침

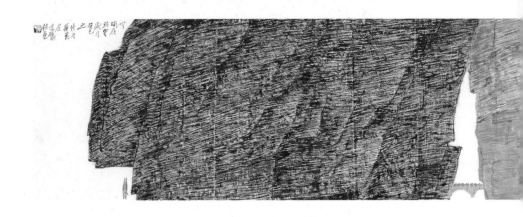

산사의 감회
山居寄懷

산과 산, 물과 물 사이에 조각배 떠도는데
저녁에도 아침에도 사람 그림자 하나 보이지 않네

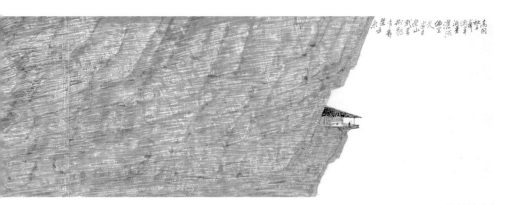

高閑鐘空演華海瀛濃濕佛靈岸岀天堂常岩山武松和喬香柴去東雲

동자승의 일기

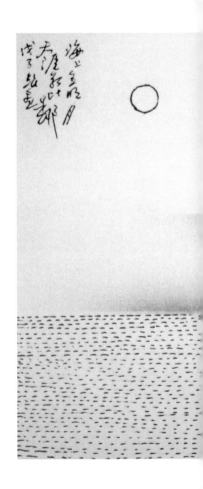

천지가 이웃이어라

天涯若比鄰

굽이굽이 흐르는 물 구붓한 달
반은 강바람에 실리고
반은 구름에 스미어드네

동자승의 일과

읊조리다
山居獨吟

어제 일, 오늘 일
다 사라지고
소나무 소리, 물 소리만
멀고 길구나

동자승의 일기

인간 세상

人間

봄에는 온갖 꽃이 만발하고
가을에는 달이 있다네
여름에는 선선한 바람이 불고
겨울에는 눈이 내리네
쓸데없는 일을 마음에
담아두지 않는다면
그때가 바로 좋은 계절이라오

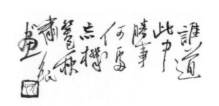

속세의 꿈에서 깨다
塵夢醒來

덧없는 인생 꿈속의 꿈
뜬구름 같은 인생 깨어나 보니
거짓 속 거짓이어라

동자승의 속기

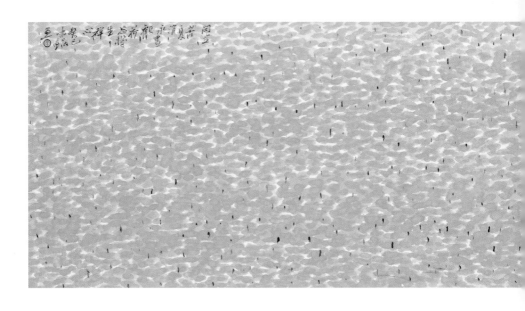

갖는 것과 차지하는 것의 차이

擁有和占有

'가짐'은 꼭 필요한 것이지만
'차지함'은 과분하고 무거운 짐이다
너무 많이 가진 것은 차지함이고
너무 많이 차지한 것은 욕심이라 한다
중생들이 '차지함'에 짓눌려
무거운 짐의 고해 속으로
깊이 가라앉아 있구나

동자승의 필기

閑來不住人家宿
自向遠山松月邊
深已嘯餓
畫

동자승의 일기

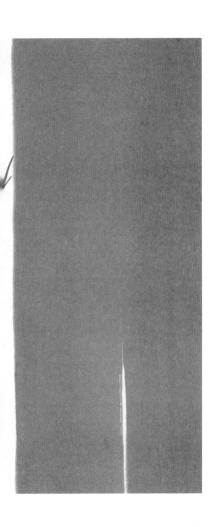

무소유
無所有

내게는 고래 등 같은 집이 천만 채나 있지만
모두 남의 이름으로 되어 있다네
내게는 비옥한 밭이 천만 평이나 있지만
모두 남에게 농사를 맡겼다네
나는 가진 것은 하나 없지만
허허로움은 모두 나의 것이라오

연꽃 감상

觀荷

연꽃의 맑음을 읽을 줄 알아야만
탁한 마음에 물들지 않을 수 있다네

동자승의 일기

여백을 남기다
留白

여백을 남기는 사람만
영혼의 속삭임을
들을 수 있어요

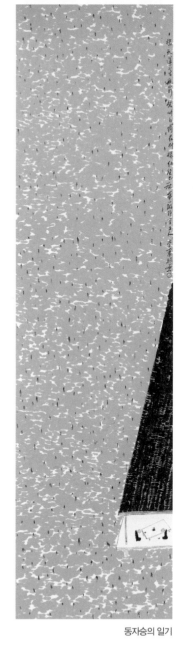

동자승의 일기

생사
生死

우리는 그저 잠시
봄날의 진흙이 되고
먼지가 되고
바람이 되고
빗물이 되어
다음 생명이 일어나길
기다리고 있는 것이라오

두 철학자의 대화
二哲對話

타고르 : 살아서는 여름 꽃처럼 살고 죽을 때는 가을 낙엽처럼 가야지요
선승 : 살아서는 물처럼 담박하게 살고 죽을 때도 물처럼 담담해야죠

동자승이 불법을 묻다

가리워진 길

只在此山中
雲深不知處

깊은 산을 걷는 이는 짙은 안개 때문에
자신이 어디를 걷는지 알 수 없네
삶이라는 수행의 길도
잘 보이지 않는 것은 마찬가지
다만 그 길의 끝에는 죽음이 아니라
지혜가 기다리고 있다는 것을 잊지 마시길

동자승의 수행길

다음 생명을 기다리다
等待下一個生命再起

제자 : 삶의 목적은 결과가 아니라 과정에 있다고 합니다
　　　모든 삶의 결과가 죽음이기 때문입니까?
스승 : 애야, 그게 아니다. 죽음도 결과가 아니라 과정이란다
　　　우리는 그저 잠시 봄날의 진흙이 되고, 먼지가 되고, 바람이 되고,
　　　물이 되어 다음 생명이 일어나길 기다리고 있는 것이란다

竹林二僧

동자승의 일기

무상하나 두렵지 않네

無常並不可怕

제자 : 인생은 무상하고 빨리 지나갑니다
　　　사람들은 무상함을 두려워하고 현재가 영원하길 바랍니다
　　　이것이 나쁜 일이옵니까?
스승 : 현재가 영원하기만을 바라고 무상함을 두려워한다면
　　　떨어진 나뭇잎은 다시 날아오를 수 없고 아픈 이는 영원히 병에 시달리며
　　　갓난아이는 자랄 수 없고 악인은 영영 악인일 것이다. 그래도 좋으냐?

동자승의 외침

바다처럼 넓은 인생

海海人生

우리 인생은
우주의 만법萬法과 함께 돌아간다
올 때가 있으면 갈 때도 있고
모인 것은 또 흩어진다네
'무상無常'이라는 놀이는
한순간도 멈춘 적이 없어라

동자승의 필기

네가 바로 부처다

你就是佛

제자 : 해탈이란 무엇이옵니까?
스승 : 누가 너를 얽아매고 있느냐?
제자 : 정토란 무엇이옵니까?
스승 : 누가 너를 더럽혔느냐?
제자 : 열반이란 무엇이옵니까?
스승 : 누가 네게 생사를 주었느냐?

불경을 읽는 동자승

길을 묻다

聞道

추우면 옷을 껴입고,
졸리면 잠을 잔다
차를 주면 손으로 받아들고,
밥을 주면 입을 벌린다
불법이란 바로 이런 것이다

사부님의 깨우침
師父開示

'욕심'은 만족의 한계를 넘었기 때문이고
'노여움'은 사랑과 동정의 힘을 소홀히 했기 때문이며
'어리석음'은 무명無明*을 끊을 수 있는
'지혜의 검'이 네게 있음을 잊었기 때문이다

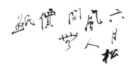

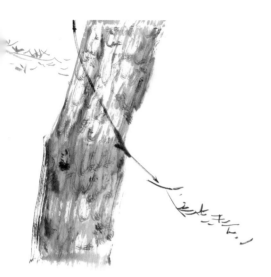

동자승의 수업 필기

여래의 진실한 뜻을 알길 바라네
願解如來眞實義

욕심, 노여움, 어리석음은 두렵지 않소
진정 두려운 것은 그것들로 인해
우리가 오랫동안 깨끗한 마음과 만나지 못하고
지혜의 불씨를 꺼뜨리는 것이라오

동자승의 수행길

길을 묻는 동자승
無情說法

제자 : 스승님 산천초목에게서 깨달음을 얻는다는 '무정설법'이란 무엇이옵니까?
스승 : 산의 빛깔과 소나무의 자태에도 지혜가 깃들어 있고,
바람 소리와 새의 지저귐이 모두 부처의 말씀이라는 뜻이다

동자승이 길을 묻다

113

다리에 물이 흐르느냐 흐르지 않느냐
橋流水不流

제자 : '사람이 다리 위를 지나는데 다리는 흐르고 물은 흐르지 않네'라는 말이
　　　무슨 뜻이옵니까?
스승 : 우리는 날마다 다리를 건너면서 다리는 튼튼하고 다리 밑에 흐르는 물은
　　　금세 흘러 없어진다고 생각하지만 실은 그 반대란다
　　　다리는 사람이 만든 것이라 언젠가는 무너지지만,
　　　물은 만겁의 세월 동안 흘러 없어지지 않고 천지간에 있지 않느냐?
　　　물은 인간의 불성佛性을, 다리는 인간의 육신을 비유한 것이다
　　　다리와 육신은 무너져도 물과 불성은 영원히 무너지지 않는다
　　　그래서 '다리는 흐르고 물은 흐르지 않는다'고 하는 것이다

동자승의 일기

모든 것을 비워 없애다

空諸所有

제자 : '만물을 고요히 바라보니 모든 것이 저절로 터득되고
　　　 사계절 아름다운 흥취는 사람과도 같구나*' 아름다운 구절이옵니다!
스승 : 아름답기는 하나 깨우침이 온전하지는 못하구나
제자 : 왜 그렇습니까?
스승 : 아름다운 흥취마저 사라지고 매 순간 모든 것이 텅 비었음을 알아야
　　　 온전히 깨우쳤다고 할 수 있단다!

四時佳興与人同
古眠

동자승의 독참(獨參)*

좌선하는 동자승
選佛場

스승 : 괄호 넣기 문제가 있다. 한번 풀어보겠느냐?
제자 : 떨리고 긴장되지만 풀어보겠습니다!
스승 : '이곳은 선불장이다. 마음을 (   ) 합격할 수 있다.'
제자 : '이곳은 선불장이다. 마음을 (비워야) 합격할 수 있다.'

般若波羅蜜多心經 觀自在菩薩行深般若波羅蜜多時照見五蘊皆空度一切苦厄舍利子色不異空空不異色色即是空空即是色受想行識亦復如是舍利子是諸法空相不生不滅不垢不淨不增不減是故空中無色無受想行識無眼耳鼻舌身意無色聲香味觸法無眼界乃至無意識界無無明亦無無明盡乃至無老死亦無老死盡無苦集滅道無智亦無得以無所得故菩提薩埵依般若波羅蜜多故心無罣礙無罣礙故無有恐怖遠離顛倒夢想究竟涅槃三世諸佛依般若波羅蜜多故得阿耨多羅三藐三菩提故知般若波羅蜜多是大神咒是大明咒是無上咒是無等等咒能除一切苦真實不虛故說般若波羅蜜多咒即說咒曰揭諦揭諦波羅揭諦波羅僧揭諦菩提薩婆訶

般若心經 刻碑 辛卯壽 蒼然

동자승의 시험

바로 지금
當下

제자 : '바로 지금'이란 무엇이옵니까?
스승 : 네 입에서 그것의 이름이 나오는 바로 그 순간,
　　　벌써 흔적도 없이 사라져버리는 것이지!

동자승이 불법을 배우다

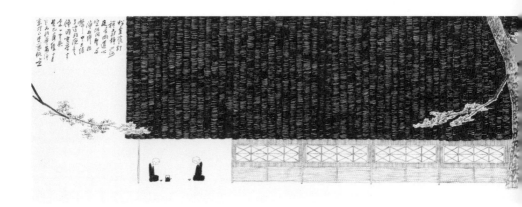

고요에 귀를 기울이면
傾聽無聲

고요의 소리를 들을 수 있어야
마음속 정적靜寂도 들을 수 있다

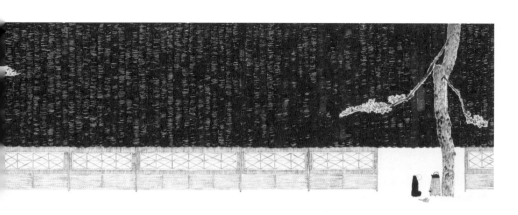

동자승이 불법을 배우다

불법

佛法

제자 : 불법이란 무엇이옵니까?

스승 : 추우면 옷을 입고 잠이 오면 자는 것이다

제자 : 그렇게 하지 않는 사람이 어디에 있습니까?

스승 : 물론 있지! 중생은 잘 때도 잠들지 않고 백 가지 생각을 떠올리고,
　　　옷을 입을 때도 입지 않고 이것저것 고르지 않느냐?

松下休憩一禪僧咘起畫扵台北

동자승이 불법을 배우다

125

좌선
打坐

제자 : '타좌打坐'를 하는 이유는 무엇이옵니까?
스승 : '타打'란 망령된 마음을 떼어 없애는 것이고,
　　　'좌坐'란 앉아서 본성을 들여다보는 것이다

동자승의 1일 1문

깨달음의 세계에 이르는 법
彼岸

제자 : 어떻게 하면 '피안彼岸'에 오를 수 있습니까?
스승 : '일심一心'이 있어야 한다!
제자 : 어떻게 하면 '일심'을 가질 수 있습니까?
스승 : 일심으로 '염불'하면 피안이 눈앞에 있을 것이다!

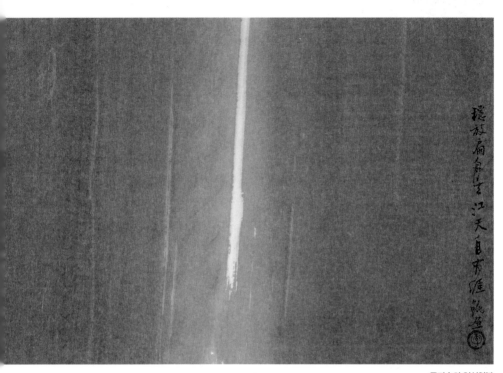

環放扁舟雪 江天自有涯 隱畫

동자승의 일심염불

눈앞의 사람
滿目青山空念遠 何不惜取眼前人

제자 : 작년 여름 이곳을 떠날 때 눈앞에 청산이 가득하더니
       올 여름 돌아올 때도 청산이 눈앞을 가득 채웁니다.
스승 : 눈병에 걸렸느냐?
제자 : 왜 그렇게 물으십니까?
스승 : 네 눈에는 내가 보이지 않느냐?

동자승은 꾸중만 들어

유월의 솔바람은 얼마일까

六月買松風 人間恐無價

제자가 소나무 아래서 낮잠을 자고 있었다
스승 : 유월의 솔바람을 사겠느냐?
제자 : 참 시원하겠습니다!
　　　 그런데 사람들이 가격을 모를까 그것이 걱정입니다*

스승이 때리려는 듯 주먹을 쥐었다
제자 : 스승님께서 외우라고 하신 시입니다
　　　 틀린 곳이 없는데 어째서 때리려 하십니까?
스승 : 마음이 고요하면 어느 곳엔들 솔바람이 없겠느냐!

죄 없는 동자승

비어 있구나
空空

제자 : 《반야심경》의 제일 중요한 뜻이 무엇이옵니까?
스승 : 공空이다!
제자 : 저는 이미 모든 것을 비웠습니다!
스승 : 공공空空하여라!
제자 : ??
스승 : 비움까지도 다 비워야 하느니라!

般若波羅蜜多心經 觀自在菩薩 行深般若波羅蜜多時 照見五蘊皆空 度一切苦厄 舍利子 色不異空 空不異色 色即是空 空即是色 受想行識 亦復如是 舍利子 是諸法空相 不生不滅 不垢不

觀經圖 千連晴空 一輪印明 李嶪衡 畵

어리둥절한 동자승

소가죽도 뚫을 기세구나
牛皮也得看破

제자 : 스승님도 불경을 보셔야 합니까?
스승 : 눈을 가리고자 하는 것이다!
제자 : 저도 불경으로 눈을 가리겠습니다!
스승 : 이놈아, 너는 소가죽도 뚫어버릴 것이다!*

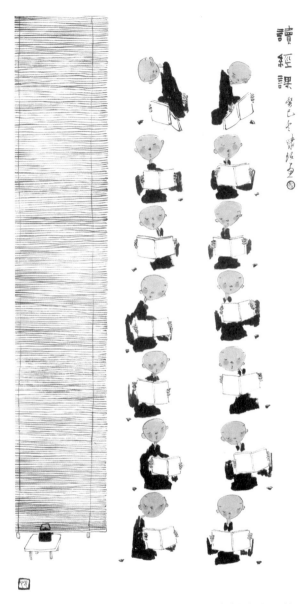

수업 중에 조는 동자승들

떠가는 구름과 흐르는 물처럼 살다
雲水生涯

제자 : 구름과 물처럼 산다는 것이 무엇이옵니까?
스승 : 모두 잊어라!
제자 : 어째서 잊으라 하십니까?
스승 : 마음속에 생각을 담아놓으면
　　　구름처럼 떠가고 물처럼 흐를 수 있겠느냐?

말 많은 동자승

출가
出家

제자 : 출가란 무엇입니까?

스승 : 번뇌의 집을 떠나는 것이지!

제자 : 번뇌의 집이란 무엇입니까?

스승 : 그 집의 문패에 '욕심, 노여움, 어리석음'이라고 쓰여 있구나!

二僧禪堂圖
辛卯仲春三月
屋お景此藝大
吽二十百三 紙

동자승의 궁금증

천 년의 등불
백 년의 지혜

千年暗室一燈即明
百年愚癡一智即悟

제자 : '천 년 동안 어두웠던 방'이란 무엇이옵니까?
스승 : 천 년 동안 어리석은 중생이지!
제자 : 그들을 어찌해야 합니까?
스승 : 등불 하나를 주어라!
제자 : 무슨 등불을 줄까요?
스승 : LED를 주어라!
제자 : ???
스승 : Lights Enlighten the Dull!
　　　　(빛으로 어리석음을 밝혀주어라!)

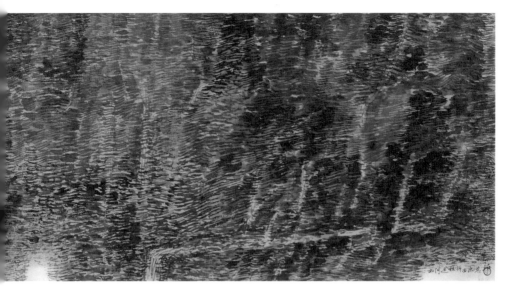
동자승의 일기 – 질문하기

깨달음이란 무엇인가?
什麼是開悟?

'인간'은 두 개의 '나'가 동행하는 존재다
하나는 세속의 '나'이고, 다른 하나는 청정한 '나'이다

속세의 '나'가 아무리 추하고 비루해도
그의 마음속에 있는 청정한 '나'는
언제나 그를 바라보고 있다…

어느날 동행하는 두 개의 '나'가 서로 만나게 되는데
선자禪者들은 바로 그 순간을 '깨달음'이라고 부른다!

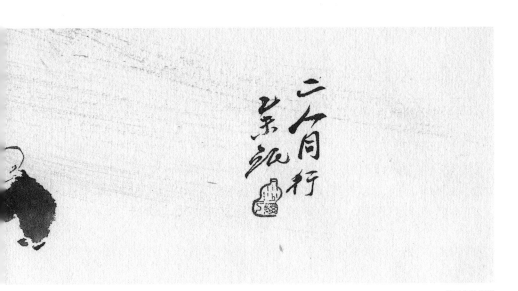

二人月行

茶飯

동자승의 일기

수미산을 담는 겨자씨

샹양(向陽)

이 책의 저자 리샤오쿤은 오랜 세월 글씨와 수묵화에 정진하여 예술계에서 높은 명성을 누려왔다. 그의 글씨는 고상하고 우아하면서도 담담한 정취가 흐르고 단단한 힘과 유연한 여유가 공존한다. 때로는 무너지는 구름처럼 무겁고 또 때로는 매미 날개만큼 가볍지만 서로 절묘하게 어울려 조화롭다. 그의 현대적인 수묵화는 화풍이 고상하면서도 담박하고 대만 특유의 소박함과 고즈넉함이 흐른다. 전통과 현대, 고전과 전위가 한데 어우러진 유연한 붓 터치 속에서 그만의 독특함이 잘 드러난다.

내가 아는 리샤오쿤은 작품 활동과 학문 연구에서 모두 성과를 거둔 다재다능한 사람이다. 서예와 수묵화 분야에서 창의력 넘치는 예술가일 뿐만 아니라, 색채 연구와 미술 디자인에도 조예가 깊으며 대만 색채학의 개척자이자 유명한 북디자이너이다. 또한 그는 오랫동안 선을 수행해 온 수행자이기도 하다. 깊은 선심禪心이 작품 속에 녹아 든 덕분에 그의 그림은 격이 높고 일상생활에서 깊은 깨달음을 이끌 어내는 힘을 가지고 있다.

이 서화집에는 리샤오쿤의 예술적 재능과 인생의 지혜가 오롯이 담겨 있다. 리샤오쿤은 간결한 선, 담담한 색, 지혜로운 글이 자연스 럽게 어우러진 수묵화 58폭을 통해 우리에게 어지러운 세상에 휩쓸 리지 않고 담담히 살 수 있는 법을 알려주고 있다.

이 시화집은 선화禪畵, 선시禪詩, 선어禪語로 구성되어 있다. 선화는 먹의 농도와 무채색과 유채색의 조화를 통해 선의 흥취를 보여주고 여백을 통해 여유와 사색의 기회를 준다. 여기에 화룡점정의 효과를 내는 것이 바로 선시와 선어다. 문인의 시 속 한 구절, 스승과 제자의 대화, 선문답, 작가의 자작시 등 어느 하나 빠질 것 없이 훌륭하다.

'동자승'을 자처하는 리샤오쿤은 생활 속에서 느낄 수 있는 깨달음 을 자기만의 언어와 그림으로 표현해냈다. 화려하거나 거창하지는 않 지만 그 속에서 선자禪者가 가진 '제3의 눈'과 깨달음을 얻은 후의 우 주관과 종교관을 느낄 수 있다. 그는 수행자의 사랑과 성자의 지혜로 우리 마음을 밝게 비추어 우리에게 묻어 있는 속세의 먼지, 고뇌, 세 상의 무명無明과 무상無常을 툭툭 털어내도록 돕고 우주의 진리와 진 실을 들여다 볼 수 있는 방법을 알려준다. "내 마음속 낙엽을 쓸어내 고 먼지 가득한 세상을 비웃는다"는 이 책 속 시처럼 그의 글은 짧지만 사람 마음의 정곡을 꿰뚫는 힘이 있다.

그는 '무아無我'를 말할 때는 "우리의 이름이 살아 있을 때 아무리 화려해도 솟구쳤다가 가라앉아 물 위에 흩어지는 물보라처럼 죽고 나면 흔적도 없이 사라져버린다"고 하고, '글쓰기'에 대해 말할 때는 "글쓰기는 대화입니다. 자기 자신과 대화하고 멀리 있는 친구와 대화하고 대자연과 대화하고 우주 전체와 대화를 나눕니다"고 하여 나를 잊고 이름도 잊고, 우주를 본받아야 한다고 말한다. '천지'를 말할 때는 "떠돌던 구름이 조용히 멈추었네. 먼 하늘가에서 멈춘 구름 곧 석양이 내려와 화려한 옷을 지어주길 기다리고 있구나"라고 하여 지금 이 순간을 소중히 여겨야 함을 가르쳐주고, '생사'를 이야기할 때는 "우리 인생은 우주의 만법萬法과 함께 돌아간다. 올 때가 있으면 갈 때도 있고 모인 것은 또 흩어진다네. '무상'이라는 놀이는 한순간도 멈춘 적이 없어라"라고 했으며, 또 '길을 묻다'에 대해 이야기할 때는 "고요의 소리를 들을 수 있어야 마음속 정적靜寂도 들을 수 있다"는 말로 무상, 공적空寂과 같은 반야般若의 경지를 일깨워준다.

《유마힐경維摩詰經》에 "수미산須彌山 안에 겨자씨를 넣고 겨자씨 안에 수미산을 담는다"는 말이 있다. 나는 리샤오쿤의 이 책을 읽으며 불경 속 그 구절이 떠올랐다. 거대한 수미산이 작디작은 겨자씨 속에 들어가고 작은 겨자씨도 커다란 수미산을 다 담을 수 있다. 큰 것이 작은 것을 담는 것은 쉽지만 작은 것이 큰 것을 담으려면 지혜가 필요하다. 리샤오쿤의 이 책은 수미산을 담은 겨자씨처럼 곱씹어 음미할

것들을 무궁무진하게 담고 있으며 일상에서 생명의 진리를 깨달을 수 있는 방법들까지 가르쳐주고 있다.

식사와 설거지는 우리가 매일 하는 일들이다. 하지만 날마다 하는 그 일들 속에서 누구나 부처가 될 수 있다.

말과 침묵, 움직임과 멈춤,
그 안에 모두 선이 있어라

린구팡(林谷芳)

삶은 누구나 거치는 것이고 선심禪心은 어디에나 있다. 생활 속 선을 자연스럽게 느낄 수는 있지만 자세하고 정확하게 말하는 것은 그리 쉬운 일이 아니다.

선은 작위적인 것을 제일 싫어한다. 선은 '일부러' 실천하려고 할수록 오히려 멀리 달아난다.

선은 자연스러움을 좋아하며 매일의 일상 속에서 저절로 모든 진리를 깨달을 수 있다. 아무리 작은 것 속에서 큰 지혜를 보고자 하고 얕음으로 깊음을 말하더라도 자연스럽지 않다면 헛된 말장난일 뿐이다.

선에 대해 설명하는 것이 쉬워 보이지만 실제로 말하기는 어렵다. 선화禪畵도 마찬가지다.

일필휘지로 붓 몇 번 휘두르는 것이 선화라고 생각하면 오산이고,

선문답을 그저 짧고 해학적인 대화라고 말한다면 과소평가하는 것이다. 선화는 글 한 줄 없이도 물 흐르듯 선을 표현하고 선가禪家의 삶을 이야기해야 하며 그 속에 진위가 섞이지 않아야 한다.

이것이 바로 리샤오쿤의 선화다.

리샤오쿤은 선화를 통해 삶을 이야기하고 삶 자체로 선을 보여준다. 수묵화는 수수하고, 일상은 지극히 자연스러우며, 선문답 속에는 진리가 넘친다.

리샤오쿤의 선화는 직관적이다. 선을 잘 모르는 사람도 촌철살인의 선문답 앞에서는 눈앞이 밝아지는 명쾌한 깨달음을 얻는다. 또 리샤오쿤의 선화는 천천히 곱씹어 음미할 수도 있다. 이런 음미는 그림으로만 가능한 것이 아니라 그의 선어로도 가능하다. 선화와 선어가 서로를 비추어 한층 더 밝게 빛난다.

물론 이를 가능하게 하는 것은 그의 내공이다. 자연스러운 붓 터치 속에 내공이 녹아들어 있다. 하지만 또 한 가지 중요한 이유가 있다. 바로 그림 속 동자승이나 노승이 때로는 그 자신이라는 사실이다.

이 서화집은 언제 어디서, 어느 페이지를 펼쳐 읽어도 좋다. 짧은 글이지만 사람들의 마음을 정확하게 알고 있으며, 붓 가는대로 그려낸 그림인 것 같지만 깊이가 있다.

한마디로 그의 서화집은 말과 침묵, 움직임과 멈춤 속에 모두 선이 깃들어 있다.

책은 성인의 유산

46쪽   문천상(文天祥, 남송 때 문인 겸 정치가)의 《정기가(正氣歌)》
        (風展書讀 古道照顔色) 중 한 구절.

사부님의 깨우침

108쪽   번뇌로 인하여 진리를 알지 못하는 무지한 상태.

모든 것을 비워 없애다

116쪽   북송 때 정호(程顥)의 시 《추일우성(秋日偶成)》 중 한 구절.

117쪽   수행자가 혼자서 스승의 방을 찾아 가르침을 구하는 것.

유월의 솔바람은 얼마일까

132쪽   송나라 때 고승 예장종경(豫章宗鏡)의 시 중 한 구절.
        "유월의 솔바람을 팔고 싶으나, 사람들이 가격을 모를까 걱정이로다
        (六月賣松風, 人間恐無價)."

소가죽도 뚫을 기세구나

136쪽   당나라 때 선승 약산유엄(藥山惟儼)은 평소에 사람들에게 불경을 읽지 못
        하게 했다. 어느 날 약산유엄이 불경을 읽고 있는 모습을 보게 된 제자가
        그 이유를 물었다. "눈을 가리려는 것이다"라는 약산유엄의 대답에, 제자
        가 "저도 스님을 따라 해도 되겠습니까?"라고 묻자 약산유엄이 "너는 소
        가죽도 뚫을 것이다"라고 대답했다. 수행이 부족한 제자는 불경의 글귀에
        집착하여 깊이 파고들 것이므로 불경으로 눈을 가릴 수 없다는 뜻이다.